우리는 고양이가
행복하다고
상상해야 한다

2024년 겨울

금 정 연

모두 일요일이야

모두 일요일이야

금정연

위즈덤하우스

차례

1 스텔라

일요일에 우리는 지하철을 타고
고양이에게 밥을 주러 길을 나섰다. 고양이의
이름은 '양말'. 나는 그때까지 양말이라는
이름의 고양이에게 밥을 준 적이 없다. 내가
착각하는 게 아니라면, 양말이라는 이름의
고양이를 본 적도 없다.

한때 나는 고양이들과 잘 지냈다. 골목을
어슬렁대는 고양이들과 인사 정도는 하는

사이였다. 더 친해지지 못한 건 아저씨들
때문이었다. 가끔 길에 서서 수다라도 떨라고
치면 지나가던 동네 아저씨들이 어김없이
고양이를 쫓아버렸다. 모두 개자식들이었다.

처음으로 고양이랑 말을 하던 날이
기억난다. 나는 일곱 살이었고 앞으로 이어질
날들에 대해서는 아무것도 몰랐다.
영영 몰랐다면 더 좋았을 텐데.

계단에 앉아서 햇볕을 쬐고 있는데,
뒷집에 살던 현칠이가 내게로 달려오는 게
보였다. 우리는 시에서 세운 대규모 연립주택
단지에 살았다. 한 층에 두 집씩 2층으로 된
건물 수십 동을 모아놓은 곳이었다. 건물

인사를 건네는 담장 위의 고양이

입구는 길에서 계단 다섯 개 높이에 있었다.
비탈을 따라 조성된 단지는 당장이라도
쓰러지기를 기다리는 도미노 같았다. 나는
몇 시간이고 계단에 앉아 있기를 좋아했다.
특별히 무언가를 보거나 듣거나 생각하지는
않았던 것 같다. 그냥 멍때렸다. 그게 최고다.
나는 지금도 가만히 앉아 있기를 좋아한다.
누워 있기와 담배 피우기 바로 다음이다.

현칠이가 숨을 헐떡이며 말했다.

"……에 ……가 있어……."

"어디에 뭐가 있다고?"

"……에 ……가 있어……."

"어디에 뭐가 있다고?"

"……에, ……가, 있다고……."

현칠이가 천천히 말했다.

"어디에, 뭐가, 있다고?"

내가 천천히 물었다.

햇빛 속에서, 나는 영원히 물어볼 수도
있었다.

"공터에 고양이가 있다고!"

현칠이가 당장이라도 울음을 터뜨릴
것처럼 소리쳤다.

그래서 우리는 고양이를 보러 갔다. 내게
친구라고 할 만한 존재는 현칠이가 거의
유일했다. 동네에 우리를 괴롭히던 한 살
많은 돼지가 있었는데, 하루는 내가 참지
못하고 돼지한테 욕을 해버렸다. 물론 나는
도망쳤다. 나는 늘 도망친다. 현칠이도 덩달아
뛰었다. 분노한 돼지가 소리를 지르며 우리를
쫓아왔다. 나는 달리기는 자신 있었다. 문제는
지금도 그렇지만 지구력이었다. 곧바로
지친 나는 어느 집 2층 현관에 몸을 숨겼다.
우리는 웅크리고 앉아 제발 돼지가 우리를
찾지 못하게 해달라고 기도했다. 기도라고?

물론 돼지는 우리를 찾아냈다. 돼지는 언제나 우리를 찾아낸다. 빌어먹을 기도를 하거나 말거나. 송로버섯을 찾도록 훈련받은 돼지가 송로버섯을 찾아내는 것과 마찬가지다. 우리의 돼지에게는 어떤 훈련도 필요 없다는 점이 다를 뿐이다. 오잉크, 오잉크. 돼지가 기쁨의 콧소리를 내며 천천히 계단을 오르기 시작했다. 나는 어둠 속에서 숨을 죽였다. 심장이 세차게 뛰었다. 당장이라도 오줌을 쌀 것 같았다. 현칠이가 내 손을 잡았다. 아니, 내가 현칠이의 손을 잡았던가? 아무튼 녀석은 달달 떨고 있었다. 그때 나는 인생의 첫 번째 진실을 깨달았다. 맞는 것보다 맞는 걸 기다리는 게 더 나쁘다는 것을. 같은 이유로, 죽는 것보다 죽는 걸 기다리는 게 더 나쁘다. 인생은 죽기를 기다리는 시간이다. 그게 인생이 좆 같은 이유다.

영원과도 같던 시간이 흐르고 마침내
돼지가 내 머리채를 잡았을 때, 나는 이미
제정신이 아니었다. 구석에 몰린 쥐 새끼였다.
몰려서 눈이 뒤집힌 쥐 새끼였다.

그날 정확히 무슨 일이 있었는지
모르겠다. 기억이 가물가물해서는 아니다.
오히려 너무 생생해서다. 너무 많은 일이
벌어졌고, 너무 많은 일이 동시에 벌어졌으며,
동시에 벌어질 수 없는 일들까지 한꺼번에
벌어졌다.

그중 한 이야기에서 나는 손에 들고
있던 목침을 아무렇게나 휘두른다. 빽!
둔탁한 소리와 함께 묵직한 울림이 등뼈까지
전해진다. 돼지가 이마를 부여잡고 주저앉는
게 보인다. 두 손 사이로 흐르는 피와 침.
그리고 눈물. 어둠 속에서 나는 그것들이
똑똑히 구분되는 것을 본다. 나는 꼼짝도 할

수 없다. 몸이 사라져버린 듯한 느낌도 든다.
마치 어딘가에, 머리 바로 위쪽의 공간에 또
다른 내가 있어서 울고 있는 돼지와 목침을 든
채 그 자리에 얼어붙은 나를 바라보고 있는 것
같다. 그런데 목침은 어디서 났지?

　　"우리 집에는 1985년 이후로 목침이
있었던 적이 없다." 어머니가 선언했다.
"그러니 목침은 거기에 있었던 거야. 하필
네 손이 닿는 자리에. 운이 없었던 거지."
어머니는 돼지네 부모님에게도 같은 말을
했다. 아버지는 아무 말 하지 않았다. 나는
놀라지 않았다. 돼지한테 맞고 돌아온 날이면
아버지는 내 귀싸대기를 올렸다. 사내자식이
바보처럼 얻어맞고 다닌다는 것이었다.
아버지는 바보처럼 얻어맞고 다니지 않았다.
늘 집에만 있었다.

　　다행인지 불행인지 돼지는 생각만큼

다치지 않았다. 거의 다치지 않았다고 해도
좋다. 돼지는 더는 우리를 괴롭히지 않았고,
얼마 후 다른 지역으로 이사를 갔다.

그날 이후로 나는 현칠이랑만 놀았다.
말하자면 우리는 불알친구였고, 가끔은
정말로 팬티를 벗고 서로의 불알을
관찰하기도 했다(녀석의 불알이 좀 더 까맸다).
그런 다음 팬티를 입고 개미를 잡으러 나갔다.
까맣고 통통한 작은 개미들. 아마 그래서였던
것 같다. 나는 현칠이에게 사실 네 말을
처음부터 알아들었다고, 네가 헐떡이면서
같은 말을 거푸하는 게 재밌어서 자꾸
물어봤다고 말하지 않았다. 그때 나는 이미
우정의 소중함을 알았던 것이다.

하지만 공터에는 고양이가 없었다.
폐타이어 몇 개와 버려진 냉장고, TV,
세탁기, 잡초, 한 짝만 남은 운동화들, 그을린

드럼통과 페인트통, 타다 남은 판자들, 용도를
알 수 없는 대나무들, 주차된 차들과 방치된
차들, 그리고 우리 둘뿐이었다.

"야옹아!"

"나비야!"

"고냉아!"

"살찐아!"

"스윗리를키티!"

우리는 고양이를 부르며 공터를 뒤졌다.
고양이는 나타나지 않았다. 어느 순간
현칠이가 울음을 터뜨렸다. 현칠이는 늘
울었다. 그게 녀석이 나랑만 노는 이유였다.
또래 아이들 중에서 우는 현칠이를 참아주는
사람은 나밖에 없었다. 현칠이에게 아는 척을
하는 사람도 나 하나였다. 나는 현칠이를 울게
내버려두고 주차된 차들 사이를 기웃거렸다.
내 비밀 컬렉션에 추가할 만한 게 있을까

싶어서였다. 당시 나는 온갖 잡동사니들을
모았는데, 특히 자동차 로고라면 남부럽지
않았다. 운동화 상자 두 개를 가득 채울
정도였다.

포니PONY, 엑셀EXCEL, 프린스PRINCE,
로얄쌀롱ROYAL SALON, 엘란트라ELANTRA,
르망LEMANS, 콩코드CONCORD, 스쿠프SCOUPE,
에스페로ESPERO, 소나타SONATA,
코란도KORANDO, 그랜져GRANDEUR…….

나는 고심 끝에 스텔라를 선택했다.
내게는 이미 몇 개의 스텔라가 있었지만
하나쯤 더한다고 해서 나쁠 것 같진 않았다.
나는 적당한 도구를 찾아 주변을 살폈다.
자동차 몸체와 로고 사이에 집어넣을
만한 얇고 단단한 물체가 필요했다. 일자
드라이버나 망치로 두드려서 동그랗게
편 병뚜껑 같은 것. 그때 어디선가 고양이

스텔라 아래에 있는 고양이

울음소리가 들렸다. 나는 자동차 아래를
들여다보았다.

"찾았다!"

고양이는 거기, 주차된 스텔라 아래 앉아
있었다.

고양이는 도망갈 생각이 없는 것 같았다.
현칠이와 나는 쭈그리고 앉아서 고양이를
불러보았지만 고양이는 움직이지 않았다.
가만히 앉아 우리가 하는 꼴을 지켜보고
있었다. 그러다 지루해지면(분명 그랬을 텐데)
앞발을 핥으며 세수를 했고, 야옹야옹 울기도
했다. 작고 하얀 고양이었다. 손을 대기만
해도 푸스스 소리를 내며 사라질 것 같은.

"우리가 구해주자!"

현칠이가 벌떡 일어서면서 소리쳤다.

"우리가?"

나는 조금 놀랐다.

"아직 새끼잖아. 이런 곳에 혼자 내버려둘 수 없어. 밥도 먹고 물도 먹어야지. 우리처럼, 누군가 보살펴줘야 한다고."

"우리처럼?"

현칠이가 나를 돌아보았다. 약간 내려다보는 듯했다. 늘 노란 옷을 입던 현칠이. 모래요정 바람돌이를 쏙 빼닮았던 현칠이. 하지만 그 순간만큼은 현칠이가 진짜 마법사처럼 보였다. 순진한 어린아이를 꾀는 사악한 작은 마법사 말이다.

"너는 그냥 꺼내기만 해. 내가 집으로 데려갈 테니까."

현칠이의 목소리는 평소와 달리 단호했고 확신에 차 있었다. 하지만 나는 녀석의 말을 이해할 수 없었다. **우리**라니? 그곳에 **우리**는 없었다. 고양이를 집으로 데려가고 싶은 현칠이와 그렇게 하고 싶지 않은 내가 있을 뿐이었다. 무엇보다, 고양이가 현칠이네 집에 가고 싶은지 아닌지를 누가 알겠는가?

"싫어."

내가 말했다.

현칠이는 잠시 생각하더니 내게 무언가를 내밀었다.

"이거 줄게."

현칠이의 손에는 50원짜리 동전이 들려 있었다. 토막 살해당한 김민지의 손가락 마디마디가 그려진 바로 그 동전이었다.[•]

[•] 당시 유행하던 괴담으로 "한국조폐공사 사장의 딸 김민지가 납치된 뒤 토막 살해당했으나 범인은 끝내 잡지 못했고, 조폐공사 사장이 죽은 딸의 원혼을 달래기 위해 화폐의 도안에 김민지의 이름과 토막 난 사체를 마치 숨은그림찾기처럼 그려 넣게 했다는 것이다. 이 소문이 떠돌던 당시에는 이름과 사체를 모두 찾아낼 경우 귀신이 나타나 사지를 찢어 죽인다는 공포스러운 소문까지 동반했다."(위키백과 〈김민지 괴담〉 중에서)

이제 내가 생각할 차례였다. 사실 생각하고 말고 할 것도 없었다.

그래서 나는 바짝 엎드렸다. 나는 지금도 작지만 그때는 더 작아서 차 밑으로 기어 들어가는 데는 아무 문제도 없었다.

"착하지 야옹아, 가만히 있어. **우리**가 너를 구해줄게. 집으로 데려가서 밥도 주고 물도 주고 놀아도 줄게. 겨울에도 춥지 않고 비가 와도 젖지 않는 집이 생기는 거야. 쥐를 잡을 필요도 없고 쓰레기통을 뒤질 필요도 없어. 참 좋은 일이라고 생각하지 않니?"

나는 무언가에 홀리기라도 한 것처럼 멍청한 말을 지껄이며 고양이에게 기어갔다. 고양이의 눈이 별처럼 반짝였다.

고양이는 아무런 반항도 하지 않았다.

두 손에 들어온 고양이가 너무 따뜻하고 부드러워서, 나는 어쩐지 울고 싶었다.

한편 현칠이는 어느새 평소의 현칠이로 돌아와 있었다. 막상 고양이를 보자 잔뜩 겁을 집어먹은 현칠이는 몇 번이나 망설인 끝에 겨우 고양이를 받아 들었다. 어정쩡한 자세로 고양이를 안고서 반쯤 울먹이는 목소리로 선언했다.

"이제부터 네 이름은 오십원이야!"

바로 그 순간, 나는 고양이가 하는 말을 들었다. 대충 이런 말이었다.

"쳇, 차라리 스텔라라고 하든가……."

그날 이후 오십원은 현칠이와 함께 잘 살았다. 몇 년에 걸쳐 입양한 예닐곱 마리의 동생들과 함께 열 살이 넘도록 건강하게 지냈다.

내 50원이 어떻게 되었는지는 모르겠다. 그날 이후 나는 적지 않은 50원을 만났지만 어느 하나 내 수중에 남아 있진 않다.

자본주의 만세!

2 레체

이듬해 우리 가족은 옆 동네로 이사했다.
현칠이와 나는 예전만큼 자주 만나지는
않았다. 나는 초등학교에 입학했고 개를
키우기 시작했다. 이름은 노디. 하얀 몸에
갈색 얼룩이 있는 바둑이였다. 내가 스무 살이
될 때까지 우리는 함께 자랐다.

이사한 집은 언덕 끝에 있는
단독주택이었다. 산과 바로 붙어 있어서
사람들이 막다른 골목이라고 부르는
곳이었다. 동네에는 길고양이가 많았는데,
겨울이면 추위를 피해 기와 틈으로 들어온

고양이들이 타닥타닥 천장을 돌아다녔다.

그때까지도 나는 고양이들과 잘 지냈다.
아까도 말한 것처럼 인사 정도는 주고받았다.
하지만 그런 사이도 곧 끝장나고 말았다.
이번에는 노디 때문이었다.

수렵견의 피를 이어받은(아마도) 노디는
가끔 쥐나 족제비를 사냥하곤 했는데, 한번은
자기보다 덩치가 큰 길고양이를 물어 죽였다.
그날 학교에서 돌아와 마당에 죽어 있는
고양이를 발견하고 얼마나 놀랐던지! 노디는
피가 묻은 주둥이 사이로 혀를 살짝 빼문 채
꼬리를 흔들며 나를 반겼다. 마치 아무 일도
없었다는 투였다. 그게 바로 개였다.

그리고 나는 어린애였다. 나는 신이 나서
달려드는 노디를 발로 밀어내며 눈을 질끈
감고 사체를 빙 둘러서 집으로 들어갔다.
문을 닫고 사체가 사라지기 전까지 한 걸음도

나가지 않겠다고 맹세했다. 현관을 긁는
노디의 발톱 소리도 무시했다.

사체를 누가 치웠는지 모르겠다(나는
지금도 죽은 동물을 보지 못한다). 어쨌거나 그
순간 전선은 분명해졌다. 나는 이미 개 쪽의
인간. 그 사실을 고양이도 알고 나도 알았다.
정작 개는 아무 관심도 없는 듯했지만…….

그날부터 고양이들의 복수가 시작됐다.
단순히 천장 위를 돌아다니는 걸 넘어,
지붕에서 천장으로 고양이들이 뛰어내리는
소리에 일상생활이 힘들 지경이었다. **쿵!**
쿵! 쿵! 쿵! 대체 몇 마리가 들락거리는 건지
세다 지쳐 잠드는 밤이 이어졌다. 새벽이면
고양이들이 단체로 울어대는 통에 잠을
설치곤 했다. 그건 죽은 고양이를 애도하는
곡소리 같았다. 아니면 피의 복수를 다짐하는
목소리거나. 어느 쪽이건 끔찍하게 으스스한

건 마찬가지였다. 길을 가다 이상한 기분이
들어 뒤를 돌아봤다가 담벼락 위에서 나를
노려보던 고양이와 눈이 마주치는 일도
다반사였다.

고양이의 숫자는 점점 불어났다.
어느새 우리 집은 고양이들의 전진기지가
된 모양이었다. 고양이들은 천장에서 밥을
먹고 새끼를 낳고 작전 회의를 했다. 몇 년
후 지붕을 고치기 위해 천장에 올라가자
비둘기로 보이는 작은 뼈와 깃털 그리고
가죽만 남은 새끼 고양이 사체가 있었다.
그 외에도 많은 일들이 있었지만 그건 다른
이야기다.

❖

일요일이었고 나는 내 방에 누워 있었다.
어디선가 고양이 우는 소리가 들렸다.
삐용삐용삐용삐용······. 가냘프고 다급한
울음이었다. 처음에는 천장이라고 생각했다.
하지만 소리는 바깥에서 들려왔다. 나는
조용히 현관문을 열고 귀를 쫑긋이며 달려와
빙글빙글 도는 노디를 안아서 울타리 안에
넣어둔 채 주위를 수색하기 시작했다. 집
뒤편엔 외벽과 담장과 축대로 사방이 막힌
좁은 공간이 있었다. 삐용삐용삐용삐용······.
그쪽으로 다가가자 울음소리가 조금씩
커졌다. 응차! 나는 담장에 매달렸다.
너비 50센티, 길이 3미터쯤 되는 공간을
두리번거리며 울고 있는 작은 고양이가
보였다. 하얀색 몸통에 주황색과 검은색

무늬가 섞인 삼색이었다. 어미가 곁을 비운
사이 축대에서 떨어진 모양이었다.

삐용삐용삐용삐용……!

고양이는 나를 보자 더욱 애처롭게
울어댔다.

나는 고민했다.

① 고양이를 꺼내준다 → 그러다 어미를
영영 잃어버리면?

② 어미가 올 때까지 기다린다 → 그사이
족제비가 나타나서 새끼를 물어 가면?

③ 그냥 신경 끈다 → ???

고양이의 입장에서는 하나의 사고였지만
내가 녀석을 발견한 이상 그건 더는 단순한
사고가 아니었다. 빌어먹을 정치의 문제가
되어버린 것이다. 나는 개 쪽의 인간. 섣불리

행동했다가는 자칫 파국을 부를 수도 있었다. 지구의 패권을 두고 고양이와 개-인간 사이의 전면전이 벌어질 수도 있는……

그때 나는 열두 살이었고 술은 입에 대본 적도 없었지만 이미 조금 맛이 가 있었다. 어머니 말마따나 "어린애가 너무 집에만 있어서" 그랬던 것 같다.

그때 누군가 대문을 두드렸다. 예의 노란색 옷을 입은 현철이었다. 나는 현철이를 보자마자 큰 소리로 외쳤다.

"이쪽에 고양이가 있어!"

현철이는 지체하지 않고 나를 따라 집 뒤편으로 이동했다. 담벼락에 매달려 고개를 내밀었다. 삐용! 삐용! 삐용! 삐용!…… 고양이 울음소리가 한층 더 다급해졌다.

"어쩌지?"

내가 물었다.

"아무래도 배고픈 듯? 일단 먹을 걸 주자."

현칠이가 그럴듯한 의견을 제시했다.
녀석이 고양이와 함께 산 지도 벌써 여러
해가 흘렀다. 서당 개 3년이면 풍월을
읊는다던데(《따개비 한문숙어》에서 봄), 집사
노릇도 몇 년 하면 뭐라도 되는 걸까?

현칠이는 집에 우유가 있는지 물었다.
평소 나는 우유라면 질색이었다. 그래서
키가 크지 않는 거라고 엄마는 말했지만,
우유를 즐겨 먹는 현칠이도 키가 크지 않기는
마찬가지였다. 어렸을 때는 고만고만했는데.
이제는 발뒤꿈치를 슬쩍 들지 않아도 내가
조금 더 컸다.

우리는 가장 가까운 슈퍼마켓을 향해
달려갔다. 철모르던 시절 풍선껌을 슬쩍하다
걸린 이후로 발길을 끊은 곳이었다. 하지만
지금은 이것저것 가릴 상황이 아니었다.

나는 냉장고에서 흰 우유 작은 팩 하나를
꺼냈다. 250원. 하지만 주머니를 아무리
뒤져도 100원짜리 동전 두 개밖에 잡히지
않았다. 나는 손바닥 위에 놓인 동전 뒷면에
거꾸로 새겨진 얼굴을 바라보았다. 도무지
여자아이의 잘린 머리처럼 보이지는 않았다.
주인아주머니가 나를 쳐다보는 게 느껴졌다.
사정을 설명하고 50원만 깎아달라고 해야
하나? 나중에 갖다준다고 하면? 혹시 나를
알아본 건 아니겠지? 이제라도 풍선껌 값을
받아야겠다며 200원을 가져가면 어쩐담?
그냥 우유를 들고 도망갈까?

　　그때 현칠이가 주인아주머니에게 동전을
내밀었다. 학의 다리가 있어야 할 자리에
꽁꽁 묶인 두 팔이 그려진 500원짜리였다.
아주머니가 천천히 잔돈을 거슬러 주었다.
말없이 가게를 나서며 나는 현칠이에게

200원을 내밀었다. 녀석은 받지 않았다.
나를 보며 씨익 웃을 뿐이었다. 그 순간
현칠이는 더는 코찔찔이가 아니었다.
창비아동문고에서나 보던 지혜롭고 늠름한
소년왕 같았다. 노란 옷을 입은 고양이들의 왕.

　이제는 내가 움직일 차례였다. 나는 작은
접시와 우유를 챙겨 들고 담벼락을 넘었다.
고양이가 울음을 그쳤다. 당황해서 뒤를
돌아보는 내게 현칠이가 고개를 끄덕였다.

　접시에 천천히 우유를 따르는데, 고양이가
슬금슬금 뒷걸음질 치는 게 보였다.

　"착하지, 괜찮아, 우유야, 우유, 맛있는
우유를 먹자……."

　나는 녀석을 어르며 접시를 내밀었다.
고양이는 조금 더 뒤로 물러섰다. 우리는 우유
접시를 사이에 둔 채 한동안 대치했다.

　아마 나는 접시를 놓고 자리를

피해줬어야 했을 것이다. 고양이가 긴장을
풀고 안전하다고 느낀 상황에서 스스로
우유를 먹기를 보이지 않는 곳에서 기다려야
했다는 말이다. 하지만 나는 어린애. 선의와
애정으로 무장한 어린애였다. 그리고 녀석은
고양이었다. 나는 고양이 쪽으로 한 걸음을
내디뎠다. 어린애에게는 작은 걸음이었지만
코너에 몰린 고양이를 맹수로 돌변하게
만들기에 충분한 움직임이었다.

녀석은 뒤로 물러서려 했지만 더는 갈
곳이 없었다. 나는 옛날 오십원에게 그랬던
것처럼 팔을 뻗어 고양이를 잡으려고 했다.
하지만 녀석은 내 두 손에 얌전히 몸을
맡기는 대신, 제자리에서 펄쩍 뛰어오르더니
순식간에 온몸의 털을 바짝 곤두세우고
날카로운 이빨을 드러냈다.

녀석은 이제 새끼 고양이처럼 보이지

화가 난 야수

않았다. 한 번도 본 적 없는 작고 위험한 동물.
한 번도 들어본 적 없는 소리를 내는 성난
야수였다.

"캬악!"

그래서 나는 도망쳤다. 허겁지겁 담을
넘어 내 방으로 달려갔다. 울타리 안에서
한가하게 볕을 쬐던 개가 영문도 모른
채 덩달아 뛰었다. 방문을 잠그고 이불을
머리끝까지 덮어썼다. 귓속의 혈관이
당장이라도 터질 것처럼 울렁거렸다.
식은땀이 흘렀다. 바지는 이미 축축했다.
우유가 쏟아진 것이었다. 망할. 망할. 나는
토할 것 같은 기분이 들었다. 하지만 꾹
참았다. 그렇게 엄마가 올 때까지 이불 속에서
꼼짝도 하지 않았다. 나는 조금 울기도 했다.

다음 날 다시 찾은 그곳에 새끼 고양이는
없었다. 쏟아진 우유와 깨진 접시뿐이었다.

❖

최근에 나는 아내와 함께 바르셀로나에
다녀왔다. 바르셀로나에도 길고양이들은
있었다. 주인을 따라 산책을 나온 집개들도
있었다. 그들은 모두 행복해 보였다. 최소한
내가 아는 사람들보다는 그래 보였다.

한국에 돌아온 바로 다음 날 나는
스페인어학원에 등록했다. 아내는 깜짝
놀랐다. 내가 무언가를 행동으로 옮기는
경우는 극히 드물었기 때문이다. 나는 한
달 동안 스페인어학원에 다녔고, 덕분에
열두 살의 일요일에 나에게 일어났던 일을
스페인어로 말할 수 있게 되었다.

그건 이런 문장이다.

El gato no bebe leche.

고양이는 우유를 먹지 않는다.

3 양말

그 일요일에 우리는 오래 지하철을 탔다.
버스를 탔다. 걷기도 했다. 택시는 타지
않았다. 나는 지금도 가난하지만 그때는 더
가난했다. 혹스는 그때는 가난했지만 지금은
덜 가난하다. 혹스는 나와 함께 양말에게 밥을
주려고 길을 떠난 친구의 이름이다. 지금도
가난한 나는 되도록 택시를 타려고 노력한다.
그때보다 덜 가난한 혹스는 되도록 택시를
타지 않으려고 노력한다. 우리는 각자의
자본주의를 산다. 우리는 늘 무언가를 하거나
하지 않기 위해 노력하지만 별로 달라지는
건 없다. 하지만 이건 오래전의 이야기다. 1박
2일 동안 집을 비운 M을 대신해서 양말에게
밥을 주게 된 것은 우리가 백수였기 때문이다.
나는 말년 휴가를 나온 군인. 혹스는 휴학생.

일당은 냉장고 속의 맥주. 우리는 시간이 너무 많아서 혼자 있을 때면 글을 썼고 둘이 있을 때는 서로의 글에 대해 말했다. 그러던 어느 날의 이야기다.

그날 우리는 양말을 잃어버렸다.

먼저 잃어버린 것은 열쇠였다. 길을 잃고 한참을 헤매다 찾은 M의 원룸 현관 앞에서 열쇠가 없다는 사실을 알았다. M은 전화를 받지 않았다. 우리는 고민했다.

① 경비 아저씨에게 사정을 말하고 비상열쇠를 빌린다 → 수상한 2인조로 경찰에 신고

② 문을 부수고 들어간다 → 우리가 그럴 수 있나?

③ 그냥 각자의 집으로 돌아간다 → ???

결국 우리는 현관문에 붙어 있는 '열쇠 수리, 잠긴 문 따드립니다'에 전화를 걸기로 했다. 처음부터 전화를 하지 않았던 건 우리가 가난했기 때문이다. 그런 곳에 돈을 쓴다는 생각은 태어나서 한 번도 해본 적이 없었다. 오스스 소름이 돋았다.

우리는 가위바위보를 했다. 혹스는 가위. 나는 바위. 혹스가 핸드폰을 꺼냈다.

"여보세요? 현관문이 잠겼는데 열쇠가 없어서요."

……

"그런데 이게 저희 집이 아니라서……."

……

"아는 누나네 집이요. 저희가 고양이 밥을 주러……."

......

"두 명인데요. 아니, 이상한 게 아니라요,
근데 누나가 전화를 안 받는데……."

......

"그렇지만 고양이가 쫄쫄 굶으면 안
되잖아요……."

......

"양말이요……."

......

"아니, 양말은 이름이고요……. 글쎄요,
저희도 본 적은 없어서……."

......

통화는 생각보다 길어졌다. 나는 무언가
잘못되고 있음을 직감했다. 혹스의 얼굴이
창백했다. 나는 혹스의 눈치를 살피며 통화가
끝나기만을 초조하게 기다렸다. 혹스는
점점 말이 없어졌다. 굳은 표정으로 네, 네

하며 고개를 주억거렸다. 누군가 봤다면
상부의 지령을 전달받는 비밀요원이라고
생각했을 것이다. 아니면 아버지와 통화하는
비밀요원이라고 생각하거나······.

마침내 통화를 마친 혹스는 내게 침착한
목소리로 문을 열어줄 수는 없고 원한다면
자물쇠통을 교체해줄 수는 있는데 기본이 5만
원이고 주말특별할증 2만 원을 더해서 총 7만
원이 든다고 설명했다. 나는 그 말을 들으며
나도 모르게 현관문을 바라보았다. 손잡이
위에 붙은 광고 스티커에는 '24시간 출장비용
3만 원'이라는 문구가 선명하게 인쇄되어
있었다. 나는 굳이 그 사실을 지적하지 않았고
혹스도 그런 나를 굳이 알은체하지 않았다.
우리는 우정의 소중함을 알았던 것이다.

두 지갑을 탈탈 털자 7만 2000원이
나왔다. 그게 우리의 전 재산이었다.

신용카드도 은행 잔고도 없었다. 분명
지폐에도 무슨 괴담이 있었겠지. 하지만 부러
그런 걸 기억해낼 필요는 없었다. 졸지에
빈털터리가 된 이 상황이 그냥 괴담이었다.

비어버린 지갑을 주머니에 넣으려는데
혹스가 내 팔을 잡았다.

"신분증도 보여줘야 된대."

"한 사람만 보여주면 되는 거 아냐?"

혹스는 한층 더 쓸쓸해진 표정으로
말했다.

"너랑 나, 우리 둘 다."

열쇠공은 머리가 희끗한 중년 남성이었다.
그는 우리 둘의 신분증을 받아 들더니
신분증 사진과 실물을 번갈아가며 확인했다.
입국심사라도 받는 기분이었다. 생애 첫
입국심사였다. 그런 다음 그는 자신의
직업윤리와 밤낮 없는 고된 업무와 지금까지

만나온 온갖 종류의 고객들과 세상이 얼마나 무섭고 험한지에 대해서 긴 연설을 시작했다. 그건 정말 연설이었다. 그의 시선은 그와 우리 사이의 어딘가를 향하고 있었다. 우리는 아무 말도 하지 않았다. 그저 눕고 싶었고 시원한 맥주를 마시고 싶었고 그 둘을 함께 하면서 TV를 보고 싶었다. 그러다 배가 고파지면 1층 편의점에서 컵라면이나 사 먹고 싶었다. 그 이상은 바라지 않았고 바라고 싶지도 않았다. 우리는 연설을 마친 그가 멀쩡한 자물쇠통을 교체하는 모습을 아무 말 없이 지켜보았다. 다행히 경비 아저씨는 나타나지 않았다.

작업은 생각보다 일찍 끝났다. 7만 원을 주고 새 열쇠를 받았다. 열쇠를 건네는 그의 손가락에 힘이 들어간 게 느껴졌다. 하지만 우리는 거리낄 게 없었다. 7만 원이면 우리로서는 최선 그 이상을 다한 것이었다.

M의 원룸은 후덥지근했다. 에어컨은 떠올리지도 못한 우리는 창문을 열어 환기를 시키고 필요한 것들을 확인했다. 맥주, 체크. TV, 체크. 고양이 사료, 체크. 밥그릇, 체크······.

그때 문 앞에 서서 우리가 하는 꼴을 지켜보던 열쇠공이 말했다.

"양말인가 스타킹인가 하는 애는 어디 있어?"

혹스의 눈빛이 흔들렸다. 아마 내 눈빛도 그랬을 거다. 우리는 천천히 방을 둘러보았다. 고양이는 보이지 않았다. 등줄기를 따라 식은땀이 흘렀다. 우리는 황급히 원룸을 뒤지기 시작했다. 눈에 띄는 모든 공간과 틈새를 헤집었다. 고양이는 어디에도 없었다. 평소 내가 지고 다니던 절망의 무게 위로 그것의 두 배 정도 되는 무게의 절망이 얹히는 것 같았다. 깔리지 않으려고 나는 두

팔로 바닥을 짚었다. 이 모든 게 꿈이라면. 만약 그렇다면 군대 내무실에서 눈을 뜬다고 해도 불평하지 않겠습니다. 나는 기도했지만 그래봤자 아무 소용 없다는 사실은 이미 알고 있었다.

여기는 안산 고잔동. M의 원룸. 오후 5시. 양말, 노 체크.

몇 시간 동안 우리는 TV와 냉장고와 세탁기와 옷장과 구석에 쌓인 이불 뒤편과 찬장 속과 책장 사이사이를 확인하고 또 확인했다. 열쇠공은 고양이가 현관문으로 나가지 않았다는 것에 자신의 직업적인 명예(지금 이 상황에 그게 무슨 의미가 있는지

모르겠지만)를 걸었다. 그래도 우리는 복도를
확인했고 아래층과 위층을 확인했고 계단과
엘리베이터를 확인했다. 이제 남은 건
하나였다. 창문. 아무도 말하지 않았지만
창문에 방충망이 달려 있지 않다는 사실을
어느 순간 우리 모두 의식하고 있었다.
자물쇠통을 뜨는 소리에 놀란 고양이가
구석진 곳에 숨는다. 혹스와 내가 냉장고를
확인하고 열쇠공은 그런 우리를 감시하느라
보지 못한 틈을 타서 열린 창문으로
도망친다……. 충분히 가능한 시나리오였다.
동네를 뒤져야 하나? 하지만 우리는 13층에
있었다. 고양이가 낙법을 구사한다는
이야기를 듣긴 했다. 하지만 아무리 그래도
13층은 무리다. 그보다는 고양이 목숨이 아홉
개라는 소문이 진짜이길 바라는 게 차라리
나을 것이다. 그게 아니라면. 그렇다면. 순간

나는 나도 모르게 끔찍한 상상을 해버리고
말았다.

　누구도 선뜻 창밖으로 고개를 내밀지
못했다. 내게는 사체공포증 및 고소공포증이
있었고 혹스는 그 두 가지를 포함해 전부
스물세 가지의 공포증을 가지고 있었다.
결국 열쇠공이 나섰다. 그는 창턱에 몸통을
걸치다시피 해서 아래를 내려다보았다.
한참을 매달려 있던 열쇠공이 침통한
목소리로 말했다. 나이를 먹어서 그런지
요새는 뭘 봐도 뭘 보는지 모르겠다는
것이었다. 우리는 엘리베이터를 타고
밖으로 나왔다. 다행히 고양이 사체 같은
건 없었다. 핏자국도 보이지 않았다. 우리는
양말의 이름을 부르며 골목골목 돌아다녔다.
처음에는 같이. 나중에는 따로. 혼자일 때
나는 조금 울었다. 우느라 하마터면 길을

창문에서 떨어진 양말 (상상도)

잃어버릴 뻔했다. 열쇠공은 돌아오지 않았다.

❖

  M의 원룸으로 돌아온 우리는 맥주를
마셨다. TV를 틀지도 컵라면을 먹지도
않았다. 냉장고 가득 채워진 맥주를 끊임없이
비울 따름이었다. 나와 혹스는 아무 말도
없이 번갈아서 맥주를 꺼내 왔다. 마치
무성영화에 등장하는 두 멍청이를 연기하는
두 멍청이 같았다. 할 수 있는 일은 그것밖에
없다는 듯이. 그러니까 내 말은, 일어날 일은
일어났고 우리는 끔찍한 죄책감 속에서
세상의 종말이 찾아오기를 기다리는 수밖에
없다는 듯이 그러고 있었다는 말이다. 그건
전혀 사실이 아니었지만 적어도 술을 마시는
동안에는 이미 결정되어 돌이킬 수 없는

사실처럼 느껴졌다. 차라리 그게 나았다.

어느새 사위가 어둑해졌다. 마지막 맥주 캔을 뜯는데 깜박 눈이 감겼다. 중력이 몇 배는 강해진 것 같았다. 양말이 사라져서 죽었는지 살았는지도 모르는데 잠이 온다고? 나는 스스로를 경멸했지만 쏟아지는 잠을 어쩔 수는 없었다. 나는 허우적대며 구석에 쌓인 이불로 다가갔다. 빌어먹을 이불은 더럽게 푹신했다. 그리고 나는 아래로…….

아래로……

아래로……

아래로……

아래로……

아래로……

끝없이 가라앉고 있는데, 등 뒤에서 무언가 꿈틀거리는 게 느껴졌다. 알코올에 전 뇌가 그것의 정체를 추측해보려 했지만 무언가가 더 빨랐다.

이불 바깥으로 튀어나온 무언가가 몸을 쭉 늘이며 길게 기지개를 폈다.

무언가는 잠시 나를 노려보더니, 무언가가 입을 열었다.

"냐아옹?"

누군가 환성을 터뜨리던 게 기억난다. 누군가 엉엉 큰 소리로 울었던 것도. 나 아니면 혹스였겠지. 어쩌면 둘 다였거나. 제삼자라고 해도 상관은 없다. 열쇠공은 어때? 주말특별할증요금 2만 원을 받고 실제로 추가 근무를 했던 사람. 아무튼 내가 기억하는 건 거기까지다. 나는 눈을 감았고 눈을 뜨니 한낮이었다.

방은 엉망이었다. 제자리로 돌려놓지 않은 가구들. 가전들. 바닥을 굴러다니는 맥주 캔들. 갈색 사료 몇 알을 제외하면 텅 빈 그릇. 그

옆에 이불도 안 덮고 잠들어 있는 혹스.

그리고 양말.

❖

M은 저녁에 돌아왔다. 우리는 아무 일도 없었던 것처럼 태연하게 M을 맞이했다. 이미 집은 깔끔하게 정리해둔 터였다. M은 양손 가득 짐을 들고 있었는데 대부분 술이었다. 맥주와 소주는 물론이고 럼에 진에 보드카까지 있었다. M은 자몽 주스와 함께 그것들을 전기밥통 내솥에 넣고 칵테일을 만들었다. 왜 하필 전기밥통 내솥이냐고 묻자 M은 얼음이 둥둥 뜬 핑크색 액체를 국자로 휘휘 저으며 말했다. 이게 제일 크잖아. M이 국자 가득 칵테일을 퍼 주었다. 의외로 괜찮은 맛이었다. 정말 괜찮아서 괜찮았던

건지 괜찮지 않으면 M에게 국자로 한 대 맞을 것 같아서 괜찮다고 생각했던 건지는 잘 모르겠지만…….

다음 날 아침 양손 가득 짐을 든 J가 M의 오피스텔을 찾았다. 대부분 술이었다. 우리는 계속해서 술을 마셨고, 돌아가며 쪽잠을 잤다. 양말은 양말대로 먹고 놀고 잤다. 그렇게 또 하루가 가는 동안 누군가는 밖에 나가 카메라를 팔고 돌아왔고(덕분에 우리는 무교동 낙지를 먹을 수 있었다) 누군가는 화장실에 틀어박혀 코털 깎는 가위로 제 머리를 잘랐다(이유는 말하지 않았다). 누군가는 계속 칵테일을 만들었다. 나는 두 번 다시 한국어를 말하지 않겠다고 엄숙하게 선언했다. 그리고 정말 영어로만 말하기 시작했다. 무슨 말을 했는지는 기억나지 않는다. Probably wasn't any big fucking deal, anyway(어쨌거나 분명

대단한 말은 아니었겠지).

　얼마나 마셨을까? 당장이라도 토할
것 같은 기분으로 이불에 기대 빙글빙글
돌아가는 천장을 바라보고 있는데 양말이
내게로 다가왔다. 양말은 이불 위로 폴짝
뛰어오르더니 내 머리 바로 뒤쪽에 자리를
잡고 앉았다. 그리고 내게 속삭이듯 물었다.
　"……는 ……에 있어……?"
　"누가 어디에 있냐고?"
　"……는 ……에 있어……?"
　"누가 어디에 있냐고?"
　"……는 ……에 있어……?"
　"누가 어디에 있냐고?"
　그러자 양말이 앞발로 내 머리통을
후려치며 말했다.
　"현칠이는, 어디에, 있냐고!"

그러게. 현칠이를 너무 오래 잊고 있었다.
마른세수를 하는데, 손에서 고릿한 냄새가
났다. 주위를 둘러보니 M과 J와 혹스는
어느새 잠들어 있었다. 마지막으로 현칠이를
본 게 언제였더라? 모르겠다. 늘 울음을
터뜨리던 현칠이. 코흘리개 현칠이. 고양이를
무서워했지만 고양이를 사랑했던 현칠이.
몇 년을 고양이들과 함께 살았어도 아기
고양이에게 사람이 먹는 우유를 먹이면 안
된다는 사실은 몰랐던 현칠이…….

요 현칠, where the fuck are you, man?

❖

양말이 들려준 이야기에서 현칠은 아주
잠깐만 등장한다. 우리는 일곱 살이다. 나는
시비를 거는 돼지에게 욕을 하고 도망친다.

나와 돼지 사이를 현칠이가 달린다. 기를 쓰고
달리는 현칠이. 현칠이가 나를 따라잡을수록
돼지와의 거리도 좁혀진다. 우리는 모퉁이를
돌고, 눈앞에 보이는 건물에 들어간다. 계단을
뛰어올라 어두운 2층 현관에 몸을 숨긴다.
하지만 돼지는 우리를 찾는다. 여기까지는
똑같다. 그러나 이 이야기 속에서 피를 흘리는
건 돼지가 아니다. 나는 목침을 휘두르지만
돼지는 내 팔을 붙잡는다. 애초에 상대가 안
되는 싸움이다. 다만 좁고 어두운 공간이라
돼지도 평소만큼 힘을 못 쓰고, 한동안 우리는
뒤엉킨 채 옥신각신한다. 그리고 어느 순간,
현칠이가 계단에서 굴러떨어진다. 겁에 질려
발을 헛디딘 건지 나와 돼지에게 밀린 건지
내가 휘두른 애먼 목침에 맞은 건지는 알 수
없다. 저 계단 아래, 햇빛 속에 쓰러져 있는
현칠이가 보인다. 보이는 것 같다. 감은 눈,

검은 머리카락, 검붉은 피……. 양말은 계속 이야기했지만 나는 듣지 않았다. 나는 여기에 없었다. 나는 그곳에 있었다. 어둠 속에서 꼼짝도 하지 않은 채, 네모난 햇빛의 스크린을, 그 안의 현칠이를 바라보고 있다. 그렇게 보고 있으면 어디선가 '오케이, 커트' 하는 외침과 함께 박수 소리가 들리고 현칠이가 죽음을 툭툭 털며 일어나기라도 할 것처럼, 모든 것이 제자리로 돌아갈 것처럼, 그럴 수만 있다면 돼지에게 평생 괴롭힘당해도 좋다고 생각하면서 계속해서 바라보는 나는…….

4 그리고 일요일

현칠이에게,
아침에 무심코 화단을 봤는데 새끼

고양이가 있어서 네 생각이 났어. 태어난
지 한두 달쯤 됐을까. 아장아장 기어다니는
모습이 귀여우면서도 아슬아슬해서 주위를
둘러보니 다행히 어미 고양이도 있더라.
새끼는 모두 네 마리였는데 치즈, 고등어,
삼색에 젖소까지 다 제각각이었어. 아이는
당연히 신이 났지. 오전 내내 베란다 앞에
앉아서 고양이들을 들여다보고 있더라고.
우리 어릴 때처럼.

아, 먼저 우리가 고양시로 이사했다는
이야기를 해야겠구나. 벌써 4년이 넘었네.
아이 재우고 거실 소파에 앉아 있는데 어디서
물방울이 똑똑 떨어지는 소리가 들리는 거야.
처음엔 수도꼭지에서 물이 새는 줄 알았지.
그런데 아니야. 부엌, 화장실, 베란다의
수전을 전부 확인해도 물이 새는 곳은 없었어.
뭐지? 찝찝했지만 할 수 있는 게 없잖아.

그냥 소파에 앉아 있는데 어느 순간 소리가
그치더라고. 그래서 그날은 그냥 넘어갔지.

그런데 다음 날부터 능금이를 재우고
소파에 앉아 있으면 계속 소리가 들리는
거야. 물방울 소리도 들리고 바람 부는
소리도 들리고 둥둥둥 멀리 북소리도 들리고.
어디서 들리는 건지 모르겠으니까 사람이
미치겠더라고. 작은 소리에도 민감해지고,
흠칫흠칫 놀라고, 심지어 가끔은 귀신 소리
같은 게 들리는 것 같기도 하고 말이지.

그러던 어느 날이었어. 스마트폰
와이파이를 잡으려는데 목록이 뜨잖아. 그런데
거기 협박 메시지 같은 게 잔뜩 쓰여 있는
거야. '윗집인간들보아라' '새벽마다쿵쿵쿵'
'층간소음때문에살인났다는뉴스봤지'
'어디한번계속그렇게해봐'
'제대로후회하게만들어줄게' 뭐 이런 거

말이야. 소름. 그제야 며칠 동안 들렸던
그 소리들이 어디서 왔는지 알겠더라고.
아랫집에서 천장에 층간 소음 보복용 우퍼를
달아서 그런 소리들을 재생한 거야. 좀
무섭기도 하면서 화도 나고 우리는 몰랐지만
얼마나 소음이 심했으면 이렇게까지 할까
싶어서 미안하기도 하고. 그런데 그럼
관리사무소를 통해서 말하면 되는 거 아냐?
싶어서 황당하기도 하고…….

　　일단 사과를 해야 될 것 같아서 다음 날
마트에서 복숭아 한 상자 사 들고 찾아갔지.
그런데 아무도 없더라. 시간 간격을 두고
몇 번 찾아갔는데 사람을 만날 수가 없어서
미안하다, 그렇게 시끄러운 줄 몰랐다, 앞으로
주의하겠다, 카드를 쓴 다음 복숭아 상자랑
같이 현관 앞에다 놓고 왔어.

　　그리고 다음 날이 됐지. 밖에 나갔다

돌아오는 길에 복숭아랑 카드를 받았을까 싶어서 아래층에서 엘리베이터를 세웠어. 그대로 있더라. 그래서 아직 안 왔나, 하고 올라가려는데 카드가 뭔가 이상한 거 같아. 봉투에 글씨 같은 게 빼곡한 것 같길래 가서 봤지. 그런데 거기에 삐뚤빼뚤한 글씨로 이렇게 적혀 있는 거야. 나는 그냥 조용히 살고 싶은데 밤마다 위에서 누가 뛴다 뛰어 뛰네 안 뛴다면서요…… 보자마자 미친놈이구나 싶어 머리칼이 삐쭉 서더라고. 그래서 당장 짐을 싸서 아내와 아이를 처가로 보냈지. 나는 작업실에서 자고 말이야.

그런데 웃긴 게 뭔지 알아? 며칠

지나서 이것저것 챙기려고 집에 들렀는데 아무도 없는 집에서 신음 소리 같은 게 나. 아랫집에서 이제는 아예 야동을 튼 거지. 며칠 동안 비어 있던 집에 복수를 한답시고 그딴 짓을 하고 있는 거야. 그래서 경찰을 불렀는데, 경찰도 어쩔 수가 없대. 소리가 조금 들리긴 하지만 그게 보복을 목적으로 하는 건지 알 수 없고 자기 집에서 소리를 크게 해서 야동 보는 게 죄는 아니지 않느냐고 하더라? 나 참, 그럼 최소한 신고가 들어와서 그러니 볼륨 좀 줄여달라고 할 수 있는 거 아니냐고. 보아하니 괜히 층간 소음 분쟁에 얽히고 싶지 않은 것 같았어.

다음 날 관리사무소에 전화를 했는데, 안 그래도 며칠 동안 계속 아랫집에서 층간 소음 민원을 넣는다는 거 아니겠어? 그런데 우리 집에는 아무도 없잖아. 그래서 그렇게 말하고,

층간 소음이라는 게 꼭 위아래 집에만 있는
건 아니니까 다른 데서 들리는 소리인 것
같다고 사정을 좀 이야기해달라고 부탁했지.
그때까지만 해도 대화로 풀 수 있을 줄
알았어. 내가 멍청했지.

결론부터 말하면 우리는 이사를 했어.
나중에 부동산 통해 얼핏 듣기로는 결혼해서
신혼집으로 아랫집을 산 건데 얼마 안 가
이혼하고 집값도 떨어지고 해서 남자 혼자
살며 스트레스를 많이 받았다고 하더라고.
그런데 내가 알게 뭐람? 그땐 정말 오만
정이 다 떨어지는 게 요즘 말로 인류애가
바사삭, 하는 느낌이었다니까. 그러면서
아내랑 이야기한 게, 다른 건 다 차치하고
아이 키우기 좋은 곳으로 가자. 일단 차 없이
걸어다닐 수 있는 길이 잘 되어 있고 언덕이
아닐 것 그리고 1층일 것. 그래서 고양시로

이사한 거야. 남들은 한 번 서울 밖으로
나가면 다시는 못 들어온다 어쩐다 말이
많지만 그냥 다 좆까라 그래, 그런 마음으로.

　　너는 모르겠지만 중학교 때 고양에서
빨간 버스 타고 학교를 다니던 친구가
있었거든. 한번은 그 친구네 집에 놀러
갔는데, 그땐 정말 거기가 북한 바로 앞인 줄
알았어. 서울 밖으로는 한 걸음도 안 나가본
촌놈 중학생한테는 세계의 끝이나 다름없던
거지. 그런데 지금은 왜 진작 이사를 안 했나
싶어. 조용하지, 산책로랑 공원도 잘 돼 있지,
나무도 많지, 집값 싸지, 정말 서울이랑 조금
먼 것 말고는 다 좋다니까.

　　게다가 그거 알아? 고양시 마스코트가
고양이라는 거. 얼마 전엔 밤에 버스에서
내려 아파트 단지로 들어오는데, 시에서
빔 같은 걸로 바닥에 '안전한 고양시를

안전한 고양을 만들겠습니다

안전한 고양-고양이

만들겠습니다'라고 쏴둔 데가 있거든. 거기 '고양시'라는 글자 바로 위에 고양이가 자고 있다가 내가 지나가니까 물끄러미 고개를 들어서 나를 쳐다보는 거 있지. 마치 안전한 고양—그 자체라도 되는 것처럼. 하하.

그런데 진짜 고양이에 푹 빠지는 나이라도 있는 걸까. 능금이는 어느새 일곱 살이 되었는데, 조금 전에도 다 같이 점심 먹는데 고양이 기르고 싶다고 한참 말을 하지 뭐야. 그래서 능금이가 돌봐줄 수 있느냐고 하니까 똥은 엄마 아빠가 치우고 자기는 밥만 주겠다고 하더라고. 나 참. 엄마 아빠는 능금이 키우는 것만으로도 바빠서 똥은 직접 치워야 할 것 같다고 했지. 옆에서 외할머니가 고양이보다 우리 능금이가 제일 귀하지, 덧붙이셨고. 그런데 갑자기 울면서 "아니야, 아니라고!" 소리치는 거 있지.

대체 뭐가 아니라는 걸까? 고양이를 못 키우게 해서 짜증이 난 건지, 자기를 엄마 아빠가 '키운다'는 말이 기분 나쁘게 들렸던 건지, 그것도 아니면 자기보다 고양이가 더 귀하다는 건지……. 어떨 때 보면 아이는 꼭 강아지 같은데, 이럴 때는 또 영락없는 고양이라니까. 재밌어.

전에는 인생이 죽기를 기다리는 시간이라고만 생각했거든. 사실 지금도 그 생각에는 변함이 없어. 하지만 바로 그렇기 때문에 그 시간 동안 뭐라도 해야 하는 게 아닌가 싶어. 데이비드 실즈가 그랬던가? 뭐든 시시한 것을 하나 찾아서 죽도록 사랑하는 것이 삶의 열쇠라고. 하물며 고양이나 개나 아이를 사랑하는 건 두말할 필요 없겠지. 이렇게 쓰고 보니 아무래도 조만간 능금이한테도 고양이와 함께 사는

법을 가르쳐주는 게 좋겠다는 생각도 드네.
이름은 일요일이 어떨까? 물론 결정은 아이
맘이겠지만…….

　아, 고양이 좋은 점을 하나 빼먹었네.
여기서는 네가 있는 용미리도 가깝지. 비록
이사 오고 한 번도 간 적은 없지만. 조만간
아이랑 같이 한번 들를게. 그때까지 편히 쉬고
있기를. 안녕안녕.

　또 다른 일요일에…….

작가의 말

늘 개에 대한 소설을 쓰고 싶었다. 정확히
말해, 내가 소설을 쓴다면 그것은 개에 대한
소설이 될 거라고 믿었다. 조금 우스꽝스럽긴
하지만 믿음이라는 게 원래 그런 거 아닌가?
나는 우스꽝스러운 걸 사랑하고, 따라서
내가 쓰는 소설이 개에 대한 우스꽝스러운
소설이 아닐 리 없다고. 지금도 나는 〈정말로
야무진 데가 없는 개를 위한 전주곡〉이 그런
소설이었을 거라고 믿고 있다. 내가 그것을
쓰는 데 실패하지만 않았다면 분명…….

다음은 또 다른 실패들을 간추린
목록이다.

〈부두, 부두〉

사설탐정 강민호는 파트너 서준영이
부두에서 시체로 발견된 사건의 진실을
쫓는다. 조사 과정에서 유력 정치인 박의원과
성림그룹의 비리를 포착하지만, 부패
경찰들의 방해로 결정적 증거를 잃고 절망에
빠진다. 술에 취해 부두를 배회하던 민호는
갱단에게 쫓기는 한 남자를 구해주고, 그가
아이티의 전설적인 부두술사 프랑수아
마칸달François Mackandal의 하나뿐인 외손자
장-바티스트Jean-Baptiste라는 것을 알게
된다. 장은 목숨을 구해준 대가로 준영을
되살려주겠다는 충격적인 제안을 한다.
파트너를 살릴 수 있다는 희망에 민호는

수락하지만, 이는 더 큰 악몽의 시작이 된다. 10년 전 성림그룹의 아이티 공장 참사로 가족을 잃은 장은 부활한 준영의 몸을 빌려 무자비한 복수를 계획하고 있었던 것. 파트너를 다시 잃을 것인가, 정의를 포기할 것인가. 민호는 잔혹한 갈림길에 선다.

〈우리 집에는 빌런이 산다〉

지구를 수호하는 슈퍼히어로 강(Strong)씨 가문의 첫째 강현우. 늦둥이 막내 강하늘의 성인식 날, 현우는 가족을 학살하고 세계를 멸망시키는 동생의 모습을 목격한다. 죽음의 순간, 현우는 19년 전 하늘이가 태어난 날로 회귀한다. 사실 하늘이가 태생부터 슈퍼 빌런이었고, 완벽한 히어로를 연기하며 모든 이를 속여왔다는 충격적인 진실을 마주한 현우. 이제 그에게는 두 가지 선택만이

남았다. 인류를 구하기 위해 갓난아기 동생을
죽이거나, 사랑으로 키우며 새로운 미래를
도모하거나. 현우는 모든 것을 걸고 제3의
길을 찾아 나서지만, 자라날수록 짙어지는
하늘의 슈퍼 빌런 기질에 멸망의 시간은 점점
가까워지는데…….

〈노을서점, 오후 4시〉

서른셋의 베스트셀러 작가 윤하진은
5년째 이어진 슬럼프와 악평 속에 극단적
선택을 한다. 눈을 뜬 곳은 뜻밖에도 스무
살 무렵 자신이 매일같이 들렀던 '노을서점'.
더욱 놀라운 건, 자신이 그토록 따르던
노을서점 사장님 '김노을'이 되어 있다는
사실이다. 그것도 가게를 막 인수한 1992년의
노을서점으로. 이제 하진은 자신에게 책이란
무엇이었는지, 왜 글을 쓰고 싶었는지를

잊어버린 작가가 아닌, 작은 동네 서점 사장이
되어 하루하루를 살아간다. 방과 후 들른
수줍은 여고생, 퇴근길에 책을 고르는 직장인,
손주에게 줄 그림책을 사러 오는 할머니까지.
다양한 사연을 가진 손님들과 교감하며
하진은 잊고 있던 이야기의 소중함을 다시
배워간다. 그리고 우연히 만난 열여덟 살의
윤하진이 글쓰기의 꿈을 키워가는 모습을
지켜보며, 하진은 마침내 자신을 옭아매던
상처에서 벗어날 용기를 얻는다.

〈안녕 내 크툴루〉

2045년, 샌프란시스코. 초현실적
살인사건을 전담하는 특별수사팀의 형사 레이
콜린스와 다이앤 로스. 이들은 도시 곳곳에서
발견된 기이한 의식 살인 사건을 쫓는다.
희생자들의 피부에는 '깊은 이들'을 상징하는

비늘 문양이 새겨져 있고, 사건 현장마다 인어를 닮은 기형적 시체가 발견된다. 수사가 진전될수록 도시의 지하철 노선도가 '대도시 각성 의식'을 위한 거대 인보케이션이라는 사실이 드러나고, 두 형사는 '다곤'이라는 컬트 교단이 도시 전체를 바다의 고대 신에게 바치려 한다는 충격적 사실을 밝혀낸다. 더욱 불길한 것은 콜린스가 어릴 적부터 시달려온 꿈―수면 아래 잠든 거대한 도시와 그곳을 휘젓는 촉수들―이 점점 현실이 되어간다는 것. 로스는 파트너의 악몽이 단순한 꿈이 아닌 예지몽이었음을 깨닫고, 자신들의 수사가 이미 오래전부터 누군가에 의해 예견되었다는 사실을 발견하는데…….

⟨세계 끝의 택시⟩

슈퍼바이러스가 휩쓸고 간 2042년의

서울. 물과 식량을 독점한 갱단 '크로우'의

지배 아래, 살아남은 사람들은 노예처럼

살아간다. 열다섯 살 소녀 하은은 갱단에

반기를 든 부모가 처형되자 도망자 신세가

된다. 추격 끝에 막다른 골목에 몰린 그때,

낡은 자율주행 택시 한 대가 그녀를 구해준다.

바이러스 창궐 이후 도시를 떠돌던 AI택시

'H0X1'은 하은을 만나며 새로운 감정을

느낀다. 매일 밤 택시 안에서 별을 보며

서로의 이야기를 나누고, 폐허가 된 도시를

누비며 저장 장치에 남아 있던 오래된 음악을

들으며 둘의 우정은 깊어진다. 하은에겐

혹스가 유일한 가족이 되고, 혹스에겐 하은이

인간이라는 지성체에 대한 불신을 재고하게

만드는 계기가 된다. 하지만 크로우 갱단이

혹스의 태양열 시스템을 노리고 있다는

소식이 들려오고, 하은은 또다시 가족을

잃을지도 모른다는 두려움에 휩싸인다.

〈다이어리 맨〉

　광고회사 카피라이터 서유진은 자신이
쓴 광고가 회사의 명운이 걸린 대형
프레젠테이션에서 처참하게 망하자 삶의
모든 것을 바꾸기로 결심한다. 칫솔질하는
순서부터 출근길 루트까지 완벽하게
바꿔보지만, 어설픈 변화는 매번 더 큰 실수로
이어질 뿐이다. 우연히 들른 헌책방에서
카프카의 일기를 집어 든 유진은 특별한
아이디어를 떠올린다. 매일 아침, 그날 날짜에
해당하는 작가들의 일기를 읽고 그대로
살아보기로 한 것. 카프카처럼 새벽 4시에
일어나 글을 쓰고, 버지니아 울프처럼 런던
거리를 산책하듯 서울 골목을 걷고, 실비아
플라스처럼 낯선 이의 묘비명을 관찰하며

시상을 떠올린다. 처음에는 어색하기만 했던 이 실험이 점차 유진만의 특별한 일상이 되어가고, 그녀는 자신도 모르게 새로운 이야기의 주인공이 되어간다. 하지만 작가들의 비극적 운명을 알고 있는 유진은 문제의 날짜에 적힌 일기를 읽어야 할지, 그리고 언제까지 이 실험을 이어가야 할지 고민에 빠진다.

〈데드라이너스〉

베스트셀러 작가 정서하는 새 작품의 마감을 앞두고 자발적 '감금'을 선택한다. 도심 외곽의 낡은 호텔, 전화도 안 되고 데이터도 터지지 않는 완벽한 고립. 마감 하루 전, 그는 마침내 밤을 새워 원고를 완성하고 겨우 이메일을 보낸다. 하지만 잠들었다 깨어난 그는 다시 전날로 돌아와 있다.

보냈던 원고는 흔적도 없고, 편집자는 여전히 마감을 재촉한다. 처음에는 단순한 실수라 생각했지만 상황은 반복된다. 매번 다르게 원고를 써도, 매번 다른 결말을 시도해도, 그는 끝내지 못한 마감 전날에서 빠져나오지 못한다. 더욱 기이한 것은 호텔에서 마주치는 다른 투숙객들 역시 각자의 '마감'에 시달리는 것처럼 보인다는 점. 작가로서의 강박과 불안이 만들어낸 환상인지, 아니면 이 호텔 자체가 '마감'이라는 업보에 시달리는 이들을 가두는 함정인지. 서하는 이 기이한 시간의 굴레에서 벗어나기 위해 진짜 '마무리'해야 할 일들을 찾아 나서는데…….

오해를 피하기 위해 말해두자면, 여기 있는 시놉시스들은 내가 쓴 게 아니다. 적게는 일고여덟 줄에서 많게는 서너 장에 이르는

설정과 메모를 클로드AI에 입력하고 정리를 부탁했다. 흔히 이야기를 만드는 일은 인간의 욕망을 다루는 일이라고 하는데, 그렇다면 여기에는 나의 욕망과 AI의 욕망(혹은 AI가 학습한 사람들의 욕망)이 함께 들어 있는 셈이다. 욕망의 모양은 엇비슷하고, 그래서 어쩔 수 없이 우스꽝스럽다면, 소설이란 결국 그 우스꽝스러움을 얼마나 우스꽝스럽지 않게 보여주느냐의 문제인지도 모르겠다. 어조나 사건이나 인물의 층위가 아니라 소설이라는 형식 혹은 소설을 쓴다는 행위 자체의 층위에서. 그렇게 생각하면 내가 〈정말로 야무진 데가 없는 개를 위한 전주곡〉을 쓰지 못한 이유도 이해가 된다. 내가 정말로 쓰고 싶었던 건, 소설을 쓴다는 행위 자체의 우스꽝스러움을 소설이라는 총체를 통해 그대로 보여주는 소설이었으니까.

결국 이러저러한 소설을 쓰는 데 실패한 나는 마감을 미루고, 미루고, 다시 미루다 더는 미룰 수 없는 마지막 순간, 서랍 깊은 곳에서 오래전 찰스 부코스키의 《고양이에 대하여》를 위해 썼던 에세이를 꺼냈다. 그리고 많은 부분을 고치고 더해 이 소설을 썼다. 개가 나오는 소설을 쓰는 데 실패하고, 고양이가 등장하는 에세이를 소설로 바꾼 것이다. 그렇다면 나는 소설을 쓰는 데 실패한 걸까 성공한 걸까?

클로드AI는 이렇게 대답한다: 제가 생각하기에, 이것은 성공과 실패라는 이분법을 초월한 창작의 본질을 보여준 사례 같습니다.

처음 계획했던 "개에 대한 우스꽝스러운 소설"을 쓰는 데는 '실패'했지만, 그 실패 과정 자체가 새로운 창작물의 씨앗이 되었죠. 부코스키의 《고양이에 대하여》를 위해 쓴 에세이가 변주되어 새로운 소설이 되었다는 것은, 오히려 글쓰기의 본질적인 속성, 즉 모든 글쓰기는 이전의 글쓰기들과 대화하며, 실패와 성공이 서로를 낳는 순환적 과정이라는 점을 보여줍니다.

특히 이 〈작가의 말〉 자체가 그것을 증명하고 있습니다. AI와 함께 만든 여러 '실패한' 시놉시스들이 메타적인 성찰의 재료가 되어 독특한 〈작가의 말〉이 탄생했듯이, 부코스키에 대한 에세이가 새로운 소설의 재료가 된 것이죠.

결국 이는 실패나 성공이 아닌, 글쓰기라는 행위 자체가 가진 '변형과 생성'의 힘을 보여주는 게 아닐까요?

✤

식탁에 앉아 〈작가의 말〉을 어떻게
마무리하면 좋을지 고민하고 있는데, 옆에서
그림일기를 쓰던 아이가 물었다.

—아빠, 아빠는 그거 작…… 책 쓰는 사람
아니야?

—응 맞아.

—요즘 뭐 쓰고 있어?

—아 그게…….

—아무것도 안 쓰고 있지!

—(뜨끔) 아니야 쓰고 있어!

—제목이 뭐야?

—《모두 일요일이야》. 다음 책 제목은
아직 안 정해졌어.

—그럼 '냥냥펀치'라고 하는 게 어때?

아무래도 고양이에 대한 소설을 한 편 더 써야 할 것 같다······.

2024년 겨울

금정연

금정연 작가 인터뷰

Q. 양말, 오십원, 스텔라, 일요일. 이
모든 단어는 고양이의 이름이죠.《모두
일요일이야》는 고양이의, 고양이를 위한,
고양이에 의한 소설이라고 보아도 무방할 것
같아요. 그런데! 〈작가의 말〉에서 "늘 개에
대한 소설을 쓰고 싶었다. 정확히 말해, 내가
소설을 쓴다면 그것은 개에 대한 소설이
될 거라고 믿었다"(70쪽)라고 밝히셨어요.
일전에 썼던 고양이에 대한 에세이를 각색한
소설임도 일러두셨고요. 만약 누군가 이 책을
내기 위해서는 '고양이'를 소재로 쓴 특별한
이유를 언급해야 된다고 한다면, 어떤 말을
덧붙이시게 될까요?

A. 소설과 인생을 겹치는 많은 방식이
있죠. 지금껏 서평을 쓰며 둘을 겹쳐
읽어왔다면,《모두 일요일이야》를 통해서는

둘을 겹쳐 쓰는 것에 대해 많은 생각을 하게 되었는데요. 늘 그렇듯 마감과 함께 대부분 휘발되고, 남은 건 대충 이렇게 정리할 수 있겠네요. 인생을 사는 것도 소설을 쓰는 것도 모두 마음먹은 대로 되지는 않는다, 전혀……. 그렇게 보면 제가 '고양이'라는 소재를 선택한 게 아니라 '고양이'가 《모두 일요일이야》라는 소설을 선택했다고 해야 하지 않을까요? 고양이에게 그 이유를 물을 수는 있겠지만, 사실 대답은 필요 없을 것 같아요. 고양이는 그 자체로 특별하니까요!

Q. '나'는 '양말'이라는 고양이에게 밥을 주러 가는 길에 '현칠이'라는 친구를 떠올립니다. 어릴 적 돼지라고 불리는 덩치 큰 아이에게 함께 괴롭힘을 당하던 '나'와 '현칠이'는 그날 이후로 단짝이 되고, '오십원'이라는 고양이를 함께 구조하며 서로를 '우리'의 범주에 집어넣기 시작하지요. 그러나 이듬해 '나'는 이사를 가게 되고, 내가 '개'를 키우게 되면서 어느 순간 소식이 끊기게 돼요. 이따금 아이들의 우정은 사소한 것들로 엮이고 지속되다가 불꽃처럼 한순간 사그라지곤 하는데, 《모두 일요일이야》는 결국 그 어릴 적 '일요일'에 대한 잔상, 그러니까 '오십원'짜리의 짧지만 강렬한 아이들의 우정을 그리고 있는 것 같아요.

어린 시절 우정은 어째서 성인이 되어서도 추억으로 소화되지 못하고 아쉬움으로만 남게 되는 걸까요? 작가님은 우정에도 유통기한이 있다고 생각하는 편이신가요?

A. 인터넷에서 처음으로 아이스크림을 먹은 외국 아기의 반응을 담은 짧은 영상을 본 적이 있는데요. 세상에 어떻게 이런 맛이 있지? 하는 놀라움에 이어 강렬한 기쁨이 얼굴에 그대로 드러나는 그런 영상이었어요. 하지만 나이를 먹으며 익숙해지고, 많은 일에 무뎌지게 되죠. 지금 우리에게 아이스크림은 그저 또 하나의 아이스크림일 뿐인 것처럼요. 물론 제가 그런 것처럼 아이스크림을 처음 먹는 아기의 반응을 보며 나도 저런 시절이 있었겠지, 생각할 수는 있지만, 그것을 기억하거나 추체험하기는 어려운 거죠. 우정도 비슷한

것 같아요. 가족이라는 울타리에서 벗어나 처음 만나게 되는 친구들이 있고, 처음이라 강렬한 우정이 있지만, 어느 순간 사소한 이유로(혹은 특별한 이유조차 없이) 사그라지며 빛을 잃게 되죠. 한편으로는 강렬한 빛이 있는 만큼 강렬한 어둠도 있는 것 같아요. 《모두 일요일이야》에서 그것은 현칠이의 죽음이고, '나'는 그것을 회피하며 기억 깊은 곳에 묻어버리잖아요. 질문의 마지막 문장에 대해 왕가위 식으로 말해보자면, 우정에도 유통기한이 있다면 나의 우정은 만년으로 하고 싶다…….

Q. '나'는 성인이 되어서도 '양말'이 불러낸 환영을 통해 '현칠이'와 함께하는 또 다른 가능성을 보게 됩니다. 그런데 그 가능성이 현칠이의 죽음이라는 것이 묘해요. '나'가 가진 부채감이나 죄책감 같은 것이 투영되었다고 느껴졌습니다.

A. 제 생각에 '양말'이 불러낸 건 '또 다른 가능성'이 아니에요. 오히려 그 반대죠. '나'가 그동안 똑바로 바라볼 수 없어 회피했던 현칠이의 죽음이거든요. 하지만 질문을 보며 그렇게 읽을 수도 있겠구나, 그것이 소설의 가능성이구나 하는 생각을 새삼 하게 되었습니다.

물론 거기에는 '나'가 가진 부채감과 죄책감이 투영되어 있습니다. 그건 당연히 현칠이에 대한 부채감과 죄책감이겠지만,

또한 스스로의 어린 시절에 대한 부채감과 죄책감이기도 할 것 같아요. 성장이라는 건 어쩔 수 없이 거의 무한해 보이는 가능성 중 일부를 택하고 가지를 잘라내며 좁혀나가는 일일 텐데요. 그런 의미에서 과거를 돌아보는 일은 언제나 어떤 종류의 부채감과 죄책감을 동반할 수밖에 없다는 생각도 듭니다.

Q. 그리고 세월이 흘러 어느 일요일, '나'는 고양이처럼 아장아장 기어다니는 아이를 보고 현칠이에게 편지를 쓰게 돼요. 그리고 그곳에는 "전에는 인생이 죽기를 기다리는 시간이라고만 생각했거든." "하지만 바로 그렇기 때문에 그 시간 동안 뭐라도 해야 하는 게 아닌가 싶어." "뭐든 시시한 것을 하나 찾아서 죽도록 사랑하는 것이 삶의 열쇠"(68쪽)라고 적혀 있어요. 사실, 보통의 사람들은 시시한 것을 찾긴 하여도 그것을 죽도록 사랑하지는 못하는 것 같아요. 그렇기 때문에 인생이 너무 길게만 느껴지기도 하고요.

작가님은 삶의 열쇠라고 불릴 만한 것을 찾으셨나요? 아직 열쇠를 찾지 못한 독자들에게 해주고 싶은, 당부하고픈 말이 있다면요?

A. 뻔하지만, 결국 사랑이 부족한 것 같아요. 시시한 것들을 특별한 것으로 만드는 비밀은 사랑에 있는데, 시시한 것을 사랑하지 못한다면 그냥 우리가 시시한 사람인 거죠(당사자성 있음). 비평가들의 '억까'와 독자들의 '무시'에 분통이 터진 노년의 로맹 가리도 에밀 아자르란 이름으로 발표한 《자기 앞의 생》에서 이렇게 말하잖아요.

"사랑해야 한다."

Q. 〈작가의 말〉에 실패한 시나리오 일곱 개를 적어주셨어요.

부두 살인사건의 전말을 쫓는 사설탐정 강민호(〈부두, 부두〉), 세계를 멸망시킬 동생을 막기 위해 회귀하는 슈퍼히어로로 가문의 첫째 강현우(〈우리 집에는 빌런이 산다〉), 슬럼프와 악평 속에 극단적 선택을 하고 서점 사장으로 환생하는 서른셋의 베스트셀러 작가 윤하진(〈노을서점, 오후 4시〉), 초현실적 살인사건을 전담하는 특별수사팀 형사 레이 콜린스와 다이앤 로스(〈안녕 내 크툴루〉), 슈퍼바이러스가 지나간 서울에서 물과 식량을 독점한 갱단 '크로우'(〈세계 끝의 택시〉), 작가들의 삶을 훔치는 광고회사 카피라이터 서유진(〈다이어리 맨〉), 마감을 앞두고 자신을 감금한 베스트셀러 작가 정서하(〈데드라이너스〉)까지.

모두 개성 넘치는 주인공이 등장하는데요.
이중 가장 탐나거나 아끼는 캐릭터와
세계관이 있다면 어떤 것일까요? 또,
발전시키고 싶은 시나리오는 무엇인지,
새롭게 구상 중인 시놉시스가 있는지도
여쭤봅니다.

A. 독자로서 가장 읽고 싶은 소설은
〈안녕 내 크툴루〉예요. 돈이 많다면 좋아하는
작가들을 호텔에 감금한 다음 이 소설을
쓰라고 억지로 강요하며 억만금을 주고 싶을
정도로. 하지만 저는 돈이 없고, 제가 직접
쓰는 수밖에 없는데, 그런 경우엔 하나를
골라 발전시키는 것보다는 모든 것이 뒤섞인
소설을 쓰는 게 더 재밌을 것 같아요. 어렸을
때부터 이것저것 섞는 걸 좋아했거든요.
콜라랑 사이다를 섞고, 오렌지맛 환타에

야쿠르트를 섞고, 밀키스와 맥콜을 섞고……. 말하자면 이런 식으로요.

〈제7의 마감〉

베스트셀러 작가 정서하는 새 작품의 마감을 앞두고 도심 외곽의 호텔에서 자발적 감금을 선택한다. 매번 실패한 원고와 함께 전날로 돌아오는 끝없는 시간의 굴레에 갇힌 그의 앞에 아이티 부두술사의 후손이 나타나 거래를 제안한다.

"당신의 모든 이야기를 현실로 만들어주겠다."

그날 이후, 그의 미완성 소설들이 현실이 되기 시작한다. 바이러스로 인한 종말 이후의 2045년, AI 택시로 변한 실종 작가의 이야기부터, 도시를 '깊은 이들'의 영역으로 만들려는 슈퍼히어로 가문의 빌런까지.

스토리가 얽혀들수록 정서하는 깨닫는다. 자신이 쓴 이야기들이 하나의 거대한 서사를 이루고 있으며, 그 결말이 호텔에 갇힌 자신의 운명과 직결되어 있다는 것을.

이야기를 완성할 것인가, 아니면 이야기에 삼켜질 것인가. 선택의 경계에 선 그는 시간과 공간, 현실과 허구의 경계가 무너지는 가운데 진정한 '마무리'가 무엇인지 찾아 나서는데……. (feat. 클로드AI)

지금 구상 중인 아이디어는 여럿 있는데, 그중 하나는 밤의 뒷골목을 헤매는 고양이 명탐정의 이야기예요. 제목은 〈냥냥펀치〉!

Q. 작가님의 첫 소설입니다. 픽션의
세계로 들어오신 소감이 어떠신가요?
소설을 쓰기 전과 후, 달라진 점이 있으신지
궁금합니다.

A. 소설을 읽는 사람이 된 후로
종종 소설이란 무엇인가, 하는 질문을
떠올렸는데요. 소설을 쓰기 시작하면서
질문의 형태가 조금 달라진 것 같아요. 소설
뭘까, 라는 식으로요. 그런데 생각해보니
제 대답은 늘 같네요. 소설 모르겠다, 정말
모르겠다……

한 조각의 문학, 위픽 wefic

연여름 《2학기 한정 도서부》
서미애 《나의 여자 친구》
김원영 《우리의 클라이밍》
정지돈 《현대적이라고 말할 수 없는 죽음들》
이서수 《첫사랑이 언니에게 남긴 것》
이경희 《매듭 정리》
송경아 《무지개나래 반려동물 납골당》
현호정 《삼색도》
김 현 《고유한 형태》
이민진 《무칭》
김이환 《더 나은 인간》
안 담 《소녀는 따로 자란다》
조현아 《밥줄광대놀음》
김효인 《새로고침》
전혜진 《고르디우스의 매듭을 자르면》
김청귤 《제습기 다이어트》
최의택 《논터널링》
김유담 《스페이스 M》
전삼혜 《나름에게 가는 길》
최진영 《오로라》
이혁진 《단단하고 녹슬지 않는》
강화길 《영희와 제임스》
이문영 《루카스》
현찬양 《인현왕후의 회빙환을 위하여》
차현지 《다다른 날들》
김성중 《두더지 인간》
김서해 《라비우와 링과》
임선우 《0000》
듀 나 《바리》
한유리 《불멸의 인절미》
한정현 《사랑과 연합 0장》
위수정 《칠면조가 숨어 있어》
천희란 《작가의 말》
정보라 《창문》
이주란 《그때는》
김보영 《헤픈 것이다》
이주혜 《중국 앵무새가 있는 방》

위픽은 위즈덤하우스의 단편소설 시리즈입니다.
'단 한 편의 이야기'를 깊게 호흡하는
특별한 경험을 선사합니다.

이 작은 조각이 당신의 세계를 넓혀줄
새로운 한 조각이 되기를.
작은 조각 하나하나가 모여
당신의 이야기가 되기를.

당신의 가슴에 깊이 새겨질
한 조각의 문학, 위픽

wefic - 72

모두 일요일이야

초판 1쇄 인쇄 2024년 11월 22일
초판 1쇄 발행 2024년 12월 11일

지은이 금정연
펴낸이 최순영

출판2 본부장 박태근
스토리 팀장 김소연
편집 곽선희 김다인 김해지
디자인 김준영 이세호

펴낸곳 ㈜위즈덤하우스 **출판등록** 2000년 5월 23일 제13-1071호
주소 서울특별시 마포구 양화로 19 합정오피스빌딩 17층
전화 02) 2179-5600 **홈페이지** www.wisdomhouse.co.kr

ⓒ 금정연, 2024

ISBN 979-11-7171-723-1 04810
 979-11-6812-700-5 (세트)

값 13,000원